W0248089

LA JEUNE FILLE AU SABLIER

MARCEL SCHNEIDER

LA JEUNE FILLE AU SABLIER

Nouvelle

ÉDITIONS DU ROCHER
Jean-Paul Bertrand

Tous droits de traduction, de reproduction
et d'adaptation réservés pour tous pays.

© Éditions du Rocher, 1996.

ISBN 2 268 02241 0

Le croirait-on ?

L'arrivée de Cagliostro à Strasbourg passa inaperçue. C'est qu'en France, en 1780, le magicien n'avait pas encore fait parler de lui et que la capitale alsacienne, fort brillante, fort à la mode, constituait par elle-même un centre d'attraction et s'admirait plus qu'elle n'admirait ses visiteurs. Elle avait une cathédrale rose, une université vénérable, une garnison bien fournie, des patriciens instruits et policés. En faut-il davantage pour pouvoir mener une vie délicieuse ? Chacun courait à ses plaisirs ; et pour beaucoup le travail était encore un plaisir.

Cagliostro descendit dans l'auberge la plus

réputée, l'hôtellerie du Saint-Esprit, ne doutant pas qu'un si prestigieux patronage ne fît pleuvoir sur lui des langues de feu. Il en avait bien besoin. Il avait échoué à Saint-Pétersbourg, l'impératrice Catherine n'avait rien voulu entendre de la maçonnerie égyptienne qu'il avait fondée. Il avait échoué en Pologne où la noblesse s'était jetée à sa tête et l'avait oublié le lendemain. Il s'était aigrement disputé avec les Illuminés de Francfort. Il ne retirait de cette longue pérégrination à travers l'Europe qu'amertume et déception. Il lui fallait absolument réussir en Alsace.

Le Saint-Esprit ayant fait la sourde oreille, Cagliostro déménagea. Après avoir loué un appartement chez un franc-maçon notoire, l'armurier Vogt, il commença son apostolat : ne savait-il pas guérir, consoler, évoquer les esprits ? On disait même tout bas : vaincre la mort…

Il se faisait appeler comte de Cagliostro afin d'en imposer aux bonnes gens. Un mage ne pouvait s'appeler Joseph Balsamo comme tout le monde. Grâce à des émissaires bénévoles ou bien rétribués, il fit courir le bruit qu'un très noble et très auguste personnage occupait ses heures de loisir à soulager l'humanité souffrante. Sa naissance ne lui permettait pas d'en tirer bénéfice autre que spirituel ; c'était à titre gracieux que, selon la règle des Rose-Croix et des Illuminés, il soignait les malades. Ceux-ci accoururent, les estropiés, les scrofuleux, ceux qui avaient la danse de Saint-Guy ou le boyau en feu. Aux uns il prescrivait pilules et tisanes, aux autres il faisait des passes magnétiques ; à certains qui souffraient de maux imaginaires ou psychiques il ne faisait rien du tout ; son seul aspect bienveillant ou terrible, énigmatique, inquiétant, suffisait à les remettre d'aplomb.

Bientôt ils assiégèrent sa demeure, obstruèrent les couloirs quand ils avaient réussi à y pénétrer et ne voulurent plus quitter un si généreux protecteur. Cagliostro rêva de regrouper ses patients en communauté pareille à celles des premiers chrétiens et dans ce dessein, il quitta l'armurier Vogt pour s'installer dans une maison fort vaste, fort ancienne, sise rue des Écrivains. Cette demeure avait une soixantaine de fenêtres en façade, une allure noble et austère. Une Vierge dans une niche décorait le premier étage à l'angle de la rue et donnait à ces lieux un air religieux du meilleur aloi. Quand on sut que l'illustrissime comte y avait installé son campement, ce fut dans la rue un défilé perpétuel, une manière de pèlerinage. On se signait devant la statue, pour un peu on se serait agenouillé devant le portail pour en baiser les clous et la ferronnerie.

C'est que maintenant tout Strasbourg savait qu'habitait près de la cathédrale un grand seigneur étranger, docteur Miracle plus efficace qu'Hippocrate et Galien réunis, qui tirait d'affaire les anémiques et rendait la vue aux aveugles. Il distribuait les aumônes avec munificence : faut-il dire qu'on le considérait comme l'un des Rois mages, comme un ange du Ciel ?

Oui, mais il circulait aussi d'autres bruits. À mots couverts, on disait, soulevé par une sainte indignation ou bien excité par une curiosité perverse, que Cagliostro savait fabriquer de l'or, des diamants et que sa femme, nue, belle comme la lune et couverte de perles, l'aidait à évoquer les morts, à les faire parler, parfois même apparaître et qu'on pouvait les toucher du doigt ! Ceux-là voyaient en lui un dangereux sorcier, un nouveau Simon le Magicien. Ceux qui se piquaient d'occultisme, il y en avait beaucoup en ce temps-là, l'appelaient l'Hermès Trismégiste ressuscité.

Tout autre aurait été écrasé sous de pareilles comparaisons, mais Cagliostro en rajoutait : ne prétendait-il pas être le grand Cophte, fils du chérif de La Mecque et de la princesse de Trébizonde ? Les prêtres égyptiens lui auraient donné l'initiation à l'intérieur des pyramides. Cela expliquait ses conceptions différentes (et qui paraissaient révolutionnaires en Europe) sur le corps humain et sur la façon de le traiter. Selon lui, le siège des maladies se trouvait dans le sang et dans la manière plus ou moins normale dont le sang circule dans les veines. Il croyait à l'influence des astres, non seulement sur la destinée des hommes, mais aussi sur leur santé, leur embonpoint, leur bien-être. À ses interlocuteurs les plus cultivés, il daignait expliquer son système : « Le monde corporel n'est qu'une résultante, un effet ;

l'esprit est le point de départ, la cause efficiente. Le monde des esprits constitue donc une véritable chaîne électrique qui encercle le monde matériel. » Il fallait, de toute nécessité, communiquer avec les esprits et s'insérer dans cette chaîne magnétique.

Cagliostro séduisit Strasbourg. Les dames de la première société le prenaient pour directeur de conscience, les hauts fonctionnaires l'invitaient à dîner, les officiers de la garnison lorgnaient son épouse. Tous absorbaient ses remèdes. La faculté de médecine finit par s'en émouvoir. La plupart de ces médications, préparées lors des équinoxes afin d'en augmenter l'efficacité, c'est du moins ce que prétendait le mage, étaient à base de saturne, d'extrait de plomb. À forte dose, le remède devenait dangereux et beaucoup de patients, qui n'avaient absorbé ces pilules que pour faire leur cour à Cagliostro, tombèrent réellement malades et, revenant au bon sens, firent appel à des praticiens patentés pour leur rendre la santé. Alors la faculté de Médecine lança ses foudres sur ce trublion, ce téméraire, ce bâtard d'Esculape qui usurpait son titre et qui, loin de guérir, gâtait et viciait les naïfs qui l'approchaient. Les gazettes surenchérirent si bien que le docteur Miracle, tournant ses batteries, décida de s'en tenir à d'inoffensives tisanes et aux passes magnétiques qui, si elles n'agissaient pas en profondeur, donnaient un répit momentané aux misères de ses patients.

Plus imbu que jamais de ses propres chimères et des promesses révélées par l'initiation égyptienne, Cagliostro se spécialisa dans un emploi où il excellait, celui de prophète. Sa clairvoyance était souveraine : il prédisait l'avenir, faisait parler les absents et les morts. Et pour cela, il utilisait un moyen que personne n'aurait pu accuser de perversité, d'indécence ni de participation démoniaque : la contemplation d'une carafe d'eau pure !

Afin de mener à bien l'opération, il avait besoin d'un intermédiaire dont le jeune âge pût garantir la véridicité. Il hypnotisait d'abord, le médium vaticinait ensuite. On sait combien les enfants sont plus faciles à mettre en transe que les hommes faits et les femmes sur le retour. Donc des enfants. Sept à neuf ans était l'âge rêvé. Cagliostro les appelait pupilles quand il s'agissait de garçons, colombes, de filles. Pour réduire à néant le reproche de connivence et d'endoctrinement préalable, il lui arrivait d'utiliser des enfants qu'il n'avait jamais vus et qu'on lui amenait au moment de la séance. Quand il avait reconnu en l'un d'eux des facultés exceptionnelles, il se l'attachait comme aide attitré. C'étaient, bien sûr, ceux qui tombaient tout de suite dans une transe profonde et prolongée.

Il enfermait le pupille ou la colombe dans un cercle magique, l'asseyait devant une table ronde en ébène où étaient placés deux flambeaux et une carafe en cristal. Un paravent séparait l'enfant de l'assistance afin que celle-ci ne pût communiquer avec le médium. Comment l'aurait-on fait puisque celui-ci se trouvait déjà sous son influence, magnétisé d'abord, hypnotisé à coup sûr ensuite ? Il lui imposait les mains sur la tête, sur les yeux et sur la poitrine ; puis il dessinait sur lui des signes mystérieux, des hiéroglyphes sans doute, ce que dans l'ordre on appelait les rites égyptiens. D'aucuns prétendaient que c'étaient des conjurations diaboliques, mais Cagliostro n'avait nul besoin de recourir à Satan pour pratiquer l'hypnotisme et l'hallucination, voire l'hallucination à distance de l'assemblée inquiète, intriguée, bientôt bouleversée par les révélations.

Cagliostro revêtu de son costume oriental d'officiant, une épée dans une main, une truelle d'or dans l'autre, après un long silence destiné à faire passer l'auditoire du moment présent au temps immémorial où vivaient les figures qui allaient surgir, interrogeait enfin l'enfant. Celui-ci voyait alors apparaître dans l'eau d'une carafe Moïse ou bien le grand Cophte. Eux seuls pouvaient cautionner la séance et permettre aux images fantasmagoriques de se former dans l'eau. On les invoquait aussi longtemps qu'ils n'avaient pas daigné paraître. C'est alors seulement que les images issues d'un passé plus ou moins lointain, personnes mortes ou bien absentes, visions d'un avenir plus ou moins proche allaient surgir dans le cristal et que l'enfant allait naïvement dire ce qu'il voyait. Souvent l'un des assistants l'interrompait pour confirmer ce qu'il venait d'affirmer, pour assurer que l'enfant ne pouvait connaître tel détail, gardé en secret dans la famille et qu'il avait pourtant dévoilé avec innocence. Et l'assistance de s'émerveiller. Elle entonnait alors un *Te Deum* tant pour remercier Dieu qui permettait de telles choses par l'opération du Saint-Esprit que pour honorer Cagliostro qui avait le pouvoir de susciter de telles révélations.

La cristallomancie avec pupilles et colombes rendit au comte fantastique tout le crédit que lui avait fait perdre l'exercice hasardeux de la médecine. On en parlait avec émotion dans les loges égyptiennes de Paris, de Lyon et de Bordeaux. Jusqu'à la fin de son séjour à Strasbourg, il eut la sagesse de limiter ses activités à cette forme de bienfaisance : ceux à qui Cagliostro donnait des nouvelles d'un mort bien-aimé ou d'un absent chéri lui baisaient les mains et chantaient ses louanges. Sur ses travaux d'alchimiste, on se montrait plus discret : s'il avait travaillé ou non dans un laboratoire au château de Saverne, qui, en dehors du prince-évêque de Rohan, à qui il avait tourné la tête et qui avait mis château et laboratoire à sa disposition, qui aurait pu s'aventurer à le dire ? Saverne était loin…

On n'en sait pas plus aujourd'hui. Cagliostro fait toujours figure d'imposteur, de dangereux alchimiste ou de charitable illuminé. Son procès n'a rien élucidé. Il est mort en gardant son secret, s'il avait un secret à garder.

À la fin du dix-huitième siècle, le centre de Strasbourg ne différait guère de ce qu'il est aujourd'hui : la cathédrale et sa flèche unique, le palais de Rohan, les maisons à encorbellements avec leurs vitres de couleurs et celles qui donnent sur l'Ill, toutes pimpantes avec leurs pots d'œillets et de résédas, nous les voyons encore.

Jacob Stilling les voyait aussi. Sonneur de cloches de son métier, il habitait non loin de la cathédrale sous les combles de cette maison que la présence de Cagliostro rendait célèbre, si célèbre qu'elle était protégée par la maréchaussée. Stilling passait une partie de vie dans la cathédrale, il lui vouait une passion dévorante. Selon lui, rien ne surpassait sa flèche hardie, ses ogives roses, son horloge astronomique et le pilier des Anges. Ne venait-on pas l'admirer de l'Europe entière ? Sa passion pour Strasbourg ne le cédait en rien à sa dévotion pour l'édifice de maître Erwin de Steinbach. À ses yeux, sa ville natale l'emportait sur Paris. Oh ! Tout irait mieux dans le royaume si l'on avait choisi Strasbourg pour capitale ! Les marchands y étaient plus honnêtes, les professeurs plus savants et la choucroute mieux conditionnée. Et puis les montagnes se dressaient aux portes de la ville. On s'y promenait le dimanche, une fleur à la main, un brin de romarin au chapeau.

Mais ce qui valait mieux que Strasbourg et sa cathédrale réunis, c'était pour Stilling sa fille unique, un ange du ciel, une perle, une vraie fée. Il n'en revenait pas, lui, un homme rustre et grossier, d'avoir engendré un enfant pareil.

– C'est une fée, moi je vous le dis, répétait-il comme s'il voulait convaincre un auditoire récalcitrant.

Mais son entourage partageait sa croyance. Sa femme, soucieuse de ne pas trop gâter l'enfant, affectait d'en rire.

– Allons, disait-elle, te voilà reparti avec tes esprits ! Tu as toujours la tête dans la lune.

Les voisins médisants, quand Jacob Stilling parlait de sa fée domestique, le traitaient tout bonnement d'abruti : c'est qu'à force de sonner les cloches il avait l'air hébété de ceux qui viennent de subir un bruit assourdissant. Ceux qui n'y allaient pas de main morte l'accusaient de folie.

– Espèce d'hurluberlu ! disaient-ils entre leurs dents.

Stilling avait toute sa tête : il raffolait de sa fille, cela expliquait tout. En tout cas, ce n'était pas Mgr de Rohan qui lui aurait donné un démenti, le prince-évêque partageait l'enthousiasme de son sonneur de cloches. Il faisait élever la petite Méta comme une demoiselle, la trouvant jolie comme un cœur et tendre comme un agneau.

Méta n'était rien de cela. Jolie, oui. Mais rusée, volontaire et très satisfaite de soi. Elle jugeait que les soins qu'on lui rendait allaient de soi, qu'une jeune personne aussi accomplie qu'elle devait être servie par les autres. Elle était une princesse, et faite pour régner. D'ailleurs ne régnait-elle pas sur son père, sur sa bonne mère, sur Bassela la vieille domestique que le prince-évêque lui avait donnée, enfin sur Hans, un orphelin que ses parents avaient recueilli et qu'ils élevaient comme leur fils ? Hans se serait fait couper en morceaux pour elle.

– Le pauvre, comme il a raison ! Je suis parfaite en tout point ! tout en s'admirant devant le miroir qui lui renvoyait le reflet de ses longues nattes blondes, de ses yeux gris-bleu, de ses lèvres finement ourlées. Contente de l'examen, elle sourit au miroir. Elle l'aurait brisé s'il lui avait offert une méchante image. Il s'en gardait bien. Le fripon s'arrangeait même pour la flatter : il rendait son regard plus profond, son teint plus uni, aussi pur que le plus pur des camélias.

Méta avait beaucoup de mémoire. Elle apprenait sans peine les fables de La Fontaine, les règles d'arithmétique et la suite des rois capétiens que l'institutrice lui enseignait à domicile. Elle faisait d'agréables rédactions qui commençaient toujours par : « Il était une fois une ravissante petite fée… », et elle se décrivait des pieds à la tête avec beaucoup de complaisance. Il arrivait mille aventures à cette irrésistible espiègle personne, elle finissait par épouser le magicien le plus riche, le plus puissant de la contrée.

– Comme c'est touchant ! s'écriait la digne institutrice en essuyant une larme au bord de ses yeux. On versait beaucoup de larmes en ce temps-là.

Méta aimait les miroirs, les bonbons, les petits chats et le jeu des rois et reines, à condition, bien sûr, qu'on la prît pour reine. Ce jeu consiste à rendre la justice comme saint Louis sous le chêne de Vincennes. Celui qui est élu reçoit les demandes, écoute les plaintes, les désirs, puis il rend son jugement, il récompense ou punit. Méta raffolait de ce jeu. Elle prenait une pose majestueuse, les chats s'allongeaient près d'elle, aussi hiératiques et majestueux. Elle lançait alors l'ordre rituel.

– Venez en cour, Hans, et faites votre requête.

Le pauvre Hans obéissait, bien qu'il fût de quatre ans son aîné. Il la tenait pour une étoile, pour une divinité ; trop heureux d'être son esclave, il se laissait mener par le bout du nez, tourner en bourrique, changer en n'importe quoi, en citrouille, en tire-bouchon, il tirait sa révérence et s'agenouillait devant elle. Rouge, embarrassé, il réfléchissait longtemps, sachant que, de toute façon, sa demande serait rejetée.

– Je voudrais savoir pourquoi le chien de Jean de Nivelle s'enfuit toujours dès qu'on l'appelle.

Très content de lui, il croyait que ce jour-là, elle apprécierait son esprit d'à-propos.

– Parce qu'il a les oreilles bouchées, parce qu'il est trop bête pour comprendre, parce qu'il entend tout à l'envers. Si on l'appelle Azor, il s'enfuit. Appelez-le Roza, il accourt.

– Ô la malicieuse petite fée ! s'écria le bonhomme Stilling en joignant les mains.

– Ô mon cœur de sucre ! dit la mère.

– Ma sibylle, ma colombe ! murmura Bassela.

– Hans, conclut Méta, vous m'avez posé une sotte question. Pour amende, vous lécherez le parquet.

Alors on vit le garçon courir à quatre pattes dans la pièce, faire le beau, tirer la langue et se blottir enfin aux pieds de sa princesse.

– Ciel, que tu es lourd et ennuyeux, mon pauvre Hans ! Tu pèses plus d'une tonne. Si seulement tu savais me divertir ! Je m'ennuie, oh ! que je m'ennuie !

Elle s'amusait comme une folle, mais elle croyait qu'il était distingué de prendre des airs langoureux et distraits.

– Je l'embête, je ne suis qu'un cornichon, se dit Hans au désespoir, et il se frappait la poitrine à coups de poing pour se punir de sa bêtise.

Méta jugeait qu'il convenait à une reine de faire preuve de clémence et, prenant un air radieux comme si sa bénignité la ravissait elle-même, elle décida de commuer la peine.

– Je veux bien te pardonner, dit-elle, mais tu vas improviser une chanson en mon honneur.

Le garçon se gratta la tête pour trouver le moyen de se tirer d'embarras, puis accommodant un air populaire sur de nouvelles paroles il lança cet à-peu-près :

– *Colombe, ma colombe,*
Colombine, Colombelle,
T'es si maligne
Et t'es si belle !

Sa voix muait. L'auditoire éclata de rire. Méta profita de la situation :

– *Arlequin, Arlequinot,*
Mon gros nigaud,
T'es pas malin,
T'es pas ben beau !

– Hans, continue. Je commence à m'amuser, dit-elle.

– *Colombine, Colombelle,*
Voici des fruits, du flan
Et puis des mirabelles !
– *Arlequin, Arlequinot*
Moi j'te donne du zan
Et quatre berlingots !

– Ô l'intelligente créature ! dit le papa.

– Ô la voix de miel ! dit la maman.

– Ô ma divinité ! dit la vieille bonne.

Méta prit un air modeste.

– Voilà comme nous sommes ! conclut-elle.

Sa vie se serait écoulée dans les délices si Méta n'avait été frappée par la terreur de grandir.

Tous les trois mois, sa mère la plaçait le dos à la porte du placard et le supplice commençait. Tiens la tête haute, ne te raidis pas, allonge les bras le long de ton corps, reste naturelle ! Sa mère lui mettait sur la tête une règle de fer et faisait un trait sur la peinture du placard.

Si elle avait gagné quelques millimètres, Méta s'en tirait à bon compte... Si elle n'avait pas grandi, quelle horreur ! Cela signifiait : huile de foie de morue !

Méta était partagée entre deux dégoûts, celui de cette huile qu'elle ne consentait à avaler qu'après que la famille entière, cajoleuse et suppliante, se fut traînée à ses genoux, et celui de devenir une jeune fille, puis une femme. Elle avait neuf ans, se trouvait une personne accomplie et ne voulait plus grandir. Hélas ! Tous les jours sur la porte de ce maudit placard, elle lisait les témoignages de sa progressive déchéance. Elle avait été très contente de voir ses dents pousser, sa chevelure allonger, de n'être pas confondue avec les bébés pleurnicheurs et malpropres. Mais maintenant, suffit !

– Vais-je devenir pareille à ces affreuses grandes personnes, disait-elle en se lamentant, avec leurs pieds qui n'en finissent plus, leur mains comme des battoirs, leurs dents gâtées et leurs cheveux ternes ? Ce pauvre Hans n'a que treize ans, il est déjà si laid, si gauche, si ridicule ! Les gens de qualité ont bien raison de porter perruque et dentier, c'est toujours autant de gagné. Ça ne les empêche pas d'être fripés comme des pommes, d'avoir des verrues, des paupières rougies et la goutte au nez ! Vive la jeunesse ! Moi, je ne veux pas vieillir. Je suis une fée. Fée je resterai !

Elle se plantait devant le miroir qui s'empressait de lui montrer ses nattes encore plus lustrées, ses dents plus blanches, et de lui souffler à l'oreille qu'on n'avait rien vu de plus parfait au monde depuis les belles dames du temps jadis. Et encore, ajoutait-il, tu les dépasses peut-être. Ils exagéraient tellement, les gens d'autrefois !

Elle faisait oui, oui, tout en considérant ses mains potelés, si fondantes qu'on les aurait cru sans os, et elle soupirait, elle soupirait à fendre l'âme, à briser les miroirs. Celui qu'elle consultait aurait versé des larmes, tout comme l'institutrice, s'il avait eu des yeux. Mais les soupirs ne menaient à rien ; elle avait beau manger sobrement, se tenir pelotonnée sur elle-même et dormir en chien de fusil, rien n'y faisait, elle le constatait avec amertume. Ses chaussures devenaient trop étroites et les doigts de ses gants trop courts.

– Je grandis, je grandis ! cria-t-elle. Et pour la première fois de sa vie elle éclata en sanglots.

Le lendemain du jour mémorable où elle avait touché le fond de la douleur humaine (du moins le croyait-elle en se répétant à tout bout de champ : « Je suis une malheureuse ! »), un dessein plus vaillant la réconforta.

– Il faut aviser ! Il faut agir ! se dit-elle. Et seule. À qui pourrais-je m'adresser ? Mais tout d'abord, courir la ville.

Mme Stilling battit des mains.

– Quelle bonne idée ! Prends de l'exercice, Méta, l'air te fera grandir !

Grandir, ils ne pensent donc qu'à ça ! Il faut que ce soit là un vrai malheur pour qu'on en soit obsédé de la sorte. Comme j'ai raison de vouloir y échapper !

Suivie de la vieille Bassela, elle arpentait les rues de Strasbourg, examinant toutes les boutiques, toutes les échoppes. Elle n'osait entrer chez les apothicaires : existe-t-il des pilules pour conserver une jeunesse éternelle ? Les pharmaciens se seraient moqués d'elle : ils sentaient le camphre et le papier moisi, appartenaient au clan des vieillards tristes et fanés, usés, raccommodés, et n'auraient pas livré leurs secrets à Méta, même si le remède merveilleux existait.

Bassela soufflait comme un cheval.

– Méta, ma colombe, rentrons, je n'en peux plus, mes jambes sont toutes gonflées.

– Encore un instant, je te broderai un fichu de tête.

– Ah ! Un fichu brodé, dit-elle en riant. Sur ma vieille tête, il aurait bon air ! C'est à toi qu'il convient de parer ces jolis cheveux, ma colombe.

– À condition qu'ils gardent leur lustre et leur blondeur, pensa Méta – et de reprendre sa quête avec fièvre. Mais que cherchait-elle, en vérité ? Elle ne le savait pas. Elle partait à la recherche d'un talisman dont elle ignorait la cachette, dont elle ignorait même s'il existait ou non. Elle flânait, furetait, fouinait, elle attendait l'étincelle révélatrice, elle allait droit devant elle, pleine de confiance en elle-même, en sa bonne étoile, en son enfance éternelle.

Il faut dire que flâner dans Strasbourg était à cette époque quelque chose de délicieux. La grand cité patricienne attirait le beau monde d'Allemagne, de Suède, de Pologne et même de Russie. Pendant la saison d'hiver, les salons ne désemplissaient pas et cette agitation donnait à l'air une électricité, un crépitement qui faisaient oublier les brouillards de l'Ill et les vents froids des Vosges. Et puis il y avait tous ces régiments qui tenaient garnison. Méta aimait à aller à la parade. Les uniformes l'enchantaient, les culottes blanches, les justaucorps à revers, les tricornes, les épaulettes. Quand les hommes défilaient, elle sentait confusément que c'était autant de bonheurs qui passaient...

On pourrait penser qu'avec un goût si vif pour les militaires Méta ne devait songer qu'à grandir afin de recevoir leurs œillades et leurs hommages, mais on se tromperait fort : Méta était persuadée que les hommes aimaient le fragile, le minuscule, elle tenait à rester ce qu'elle était.

La ville était si belle, si animée que Méta ne se dépitait pas trop de ne pas trouver ce qu'elle cherchait ; du moins elle s'amusait. Tout l'attirait, aussi bien les vitrines des boutiques les plus huppées que les éventaires de celles qui étaient venues vendre au marché ce qu'elles avaient récolté. Qui sait quelle était l'apparence de ce qu'elle recherchait ? Peut-être serait-ce une racine, un bouquet d'herbes, un fruit,

Une pomme douce
pour mettre sur ma bouche,
une pomme d'or
pour mettre sur mon cœur...

En tout cas, ces allées et venues, ces errances infinies permirent à Méta de connaître Strasbourg comme sa poche : les rues, les places, les belles demeures le long des quais de l'Ill lui devinrent aussi familières que la cathédrale, la place d'Armes et la rue des Écrivains.

La première à se lasser, à déclarer forfait, ce fut Bassela dont les jambes enflées, de vrais poteaux, refusaient tout service.

– Qu'à cela ne tienne, ma chère vieille, je me promènerai toute seule ! pensa Méta.

Toute seule ! Papa Stilling refusa d'abord, maman soupira. Hans, maintenant en apprentissage, ne pouvait lui servir de chevalier servant. D'ailleurs Méta ne voulait la compagnie de personne, persuadée qu'elle ne trouverait son talisman que si elle était seule, libre d'aller où elle voulait et de n'en faire qu'à sa tête.

– Et les polissons ?

– Je m'en charge, fit-elle avec mépris.

Les parents, bien sûr, finirent par consentir et Méta, triomphante, reprit ses courses.

Quand des galopins tiraient sur ses nattes, elle leur jetait un regard si noir, si courroucé qu'ils n'en menaient pas large.

– Oh ! Pardon, pardon mademoiselle !

Elle continuait dignement son chemin, bien contente en son for intérieur de leur avoir jeté le mauvais œil. Elle avait lu dans les contes de fée comment cela se pratiquait. Elle ne se gênait pas. Un léger désagrément apprendrait à ces vauriens à respecter qui il fallait respecter. C'est ainsi que le métier rentre et qu'on apprend le monde.

Ceux qui, avant que la nuit ne fût tombée, perdaient leurs billes, éternuaient et se tordaient la cheville, savaient d'où venaient leurs misères.

– Pas étonnant si j'attrape le rhume, disaient-ils, j'ai tiré les nattes de la mam'zelle !

Ils se souvenaient du regard farouche qu'elle leur avait lancé et qui ne présageait rien de bon. Tant pis pour les imprudents ! Tant pis pour nous qui avons fauté !

Ils tirèrent du moins profit de leur mésaventure : ils se jurèrent de ne pas recommencer. Le renseignement passa de garnement en garnement et bientôt Méta circula dans la ville sans qu'un garçon osât lever les yeux sur elle. Les laquais eux-mêmes, race fort impertinente, lui cédaient le pas. Quant aux beaux militaires, ils s'inclinaient devant elle. La petite fille, persuadée d'être une fée, ne s'en étonnait nullement.

Comme elle commençait à s'inquiéter de faire chou blanc, elle aperçut un jour à la devanture d'un bric-à-brac, dans une ruelle sordide où elle avait hésité à s'engager, un objet qui, pour elle, se mit à briller d'une lumière singulière. Il ressemblait au sablier dont Bassela se servait quand elle faisait cuire les œufs à la coque, mais les formes de son armature étaient plus majestueuses, les globes de verre contenaient bien plus de sable. Au lieu de s'écouler en quelques minutes, ce sable-là devait mettre plusieurs heures, qui sait ? un jour entier. Autour du plateau supérieur courait une inscription qui s'allumait, s'éteignait, se rallumait comme pour attirer l'attention de Méta. Elle éprouva une émotion violente et se dit :

– Voilà ce que je cherche ! Voilà ce qui me cherche !

Toute tremblante, elle pénétra dans la boutique. C'était un capharnaüm, si sombre et si poussiéreux que d'abord elle ne distingua rien. Le marchand ne se différenciait pas des magots qui l'entouraient : un énorme bonnet sale tiré jusque sur les yeux, une houppelande rapiécée jusque sur les pieds. Le mannequin s'anima. La petite fille prit cela pour un salut.

– Monsieur, dit-elle après avoir fait une courte révérence qu'on appelle à Strasbourg un *knicks*, cet objet est-il à vendre ?

Et Méta pointa son doigt mignon vers le sablier.

– Ma belle demoiselle, c'est le sablier de l'empereur Frédéric Barberousse. Il le tenait d'un prophète venu du fond de l'Arabie, un homme puissant et vénéré qui lui avait dit : « Si tu tiens à la vie, retire-toi de nos contrées. Et prends conseil de ce sablier. Il te répondra mieux qu'un prud'homme. » L'empereur haussa les épaules ; un mois plus tard, il se noyait dans je ne sais quel fleuve de ces pays brûlés par le soleil. Cet objet détient une valeur inestimable, c'est le testament de l'empereur Barberousse, fit-il bizarrement.

Du visage du marchand on ne voyait que le nez, si gros et si long qu'il lui tombait dans la bouche. Comment fait-il pour manger ? se demandait Méta tout en l'écoutant. L'origine merveilleuse, la valeur du sablier ne la troublèrent pas : c'étaient des raisons de plus pour qu'elle en fît l'acquisition.

– Voulez-vous que je l'échange contre

d'excellentes confitures de myrtilles ? Ma bonne mère les cuisine à merveille.

Le marchand faillit éclater tant il riait.

– Des confitures pour ce sablier !

Sans se déconcerter, Méta poursuivit :

– Je pourrai y ajouter quelques saucissons, un pâté de foie gras, Bassela ne les rate jamais.

Le bonhomme rit de plus belle ! Son nez sautait sur sa figure comme un oiseau sur le point de s'envoler.

– Des saucissons, un pâté, y pensez-vous, mignonne ?

– Et si je cassais ma tirelire ? demanda Méta, qui songeait à la pièce d'or que lui avait donnée Mgr de Rohan pour son anniversaire. Afin d'amadouer le hideux brocanteur, elle le gratifia d'un de ces sourires qui désarmaient la famille entière. Aucun effet. Pas d'autre effet que de faire pousser au marchand un éclat de rire qui ressemblait à un croassement.

– Ah ! Ah ! Ah ! Sa tirelire ! Les économies de vos parents n'y suffiraient pas. C'est un trésor que je possède là, je ne le céderai que contre un trésor.

La pauvre Méta quitta la boutique, toute morfondue. Elle sentait bien qu'elle n'était pas une fée, sinon des perles auraient jailli de sa bouche, de quoi remplir la houppelande du bonhomme. Une fois dans la rue, elle regarda longtemps encore le sablier qui lui faisait des signes. Les lettres en caractères étranges qui l'ornaient brillaient du vert laiteux et phosphorescent qu'on voit aux vers luisants pendant les nuits de juin. Il semblait lui murmurer : Je suis pour toi, pour toi seule. Je t'attends depuis des siècles, viens me chercher ! Tu verras comme je t'aiderai. Méta, je sais ce que tu souhaites, je peux exaucer ton plus secret désir…

En entendant son nom prononcé, Méta n'y résista pas. Il me faut un trésor, pensa-t-elle.

Mais à qui le demander ? Ses parents étaient trop pauvres. À leur protecteur, Mgr de Rohan ? Elle n'osait pas. Elle ne pouvait compter que sur elle. Quand on a neuf ans, qu'on a autant d'esprit que personne au monde et qu'on est la beauté sur la terre, pourquoi aurait-on perdu confiance ? Elle fit pourtant une courte prière à la Vierge, à l'angle de sa maison. Sainte Marie, Mère de Dieu, aidez-moi, faites que je réussisse !

Comme elle montait l'escalier de leur demeure, devant la porte aux deux battants sculptés du premier étage, une idée lui vint.

– Mon cher sablier, tu m'appartiens ! s'écria-t-elle en secouant ses nattes.

Cette porte était celle de l'appartement où logeait un personnage qu'elle n'avait jamais vu, mais dont la réputation terrible et prestigieuse était venue jusqu'à elle : le comte de Cagliostro. Jacob Stilling avait interdit à sa famille, en particulier à Hans toujours prêt à rendre service et à Bassela, l'incorrigible bavarde, d'entretenir les moindres rapports avec les hôtes du premier étage, qu'il s'agît du maître de céans, de sa femme ou de ses serviteurs. Selon lui, le comte de Cagliostro était un imposteur, un faux prophète, un dangereux magicien qui avait capté les faveurs du prince-évêque de Rohan, Dieu sait comment, Dieu sait dans quelles ténébreuses intentions ! Il y a des choses que le respectable sonneur de cloches préférait taire. Ne racontait-on pas que Cagliostro pouvait dévoiler l'inconnu, rendre la jeunesse aux corps épuisés, fabriquer de l'or et des diamants…

– Des diamants ! Comment n'y ai-je pas songé plus tôt ! se dit Méta. Et, surmontant sa gêne, et aussi une certaine terreur, elle souleva le marteau de la porte et le laissa retomber. Un laquais se présenta. La petite fille sollicita la faveur d'être introduite, à titre de voisine, auprès du comte. Elle n'attendit qu'un instant dans l'antichambre.

– Monsieur vous reçoit tout de suite. Quelle chance vous avez ! lui dit le laquais. Naguère Monsieur recevait qui se présentait. On faisait queue dans l'escalier. Maintenant Monsieur n'accueille de visiteurs que sur les plus hautes recommandations. Mais vous, vous arrivez, et voilà !

Elle lui sourit d'un air futé.

– Peut-être suis-je d'un autre sang. Voulez-vous que j'utilise ma baguette ?

– Non, non, très auguste dame, fit le laquais avec précipitation.

– Alors conduisez-moi auprès du comte.

Méta fut reçue par un monsieur à l'air énigmatique et majestueux. Près de lui sa femme, belle, opulente et tranquille, faisait de la broderie au tambour.

– Que désire cette charmante enfant ? demanda-t-il après que Méta eut accompli la plus savante des révérences que sa maîtresse lui avait enseignées.

– Jouer au jeu des rois et reines, répondit-elle avec un naturel si parfaitement imité que les plus fins s'y seraient laissés prendre. Elle ne trompa pas Cagliostro, mais comme l'aventure l'amusait énormément, il répondit avec autant de naturel et de simplicité, comme si tout sa vie il avait rendu justice sous le chêne de Vincennes.

– Eh bien ! Venez en cour, petite voisine, et faites-moi gracieuse demande.

– Sire, dit Méta après s'être agenouillée devant lui, j'habite le dernier étage de cette maison, sous les tuiles où nichent les oiseaux. Ce sont eux qui me donnent des nouvelles de la ville. Ils m'ont souvent confié combien Votre Majesté était grande et généreuse.

Comment pourraient-ils se leurrer ? Alors me voici à vos pieds.

– Ce préambule parle en votre faveur, on ne saurait choisir de meilleurs compagnons que les oiseaux. Ils nous racontent le ciel. Continuez, mon enfant.

Il parlait un français rocailleux avec un accent si bizarre que l'étrangeté de son personnage s'en trouvait rehaussée.

– La chose que je désire le plus au monde, je ne puis l'acheter. Jamais je ne pourrai amasser la somme qu'il faut. Et je vais mourir si j'en suis privée. Sire, sauvez-moi. Vous seul le pouvez. Donnez-moi un diamant pas bien gros, un diamant pour petite fille, je n'en demande pas plus ! fit-elle en joignant les mains.

Cagliostro se mit à rire.

– Voyez-vous cela, un diamant ! Petite espiègle, voilà une requête bien hardie ! Est-ce vanité, coquetterie, méchanceté qui vous poussent ?

Méta secoua la tête.

– Sire, je ne porterai jamais ce diamant. Il me servirait à acheter ce que je désire, un sablier qui prononce mon nom.

Cagliostro échangea avec sa femme un regard d'intelligence.

– Voilà un trésor qu'on ne peut laisser échapper. Je vous comprends, mon enfant, dit-il en l'aidant à se relever. Pour mériter ce diamant, voulez-vous m'aider de votre côté ? Je soulage les misères de mon prochain, je lui rends l'espoir, la force de vivre, c'est une œuvre salutaire que la mienne. Puisque vous entretenez d'aussi étroites relations avec les oiseaux, voulez-vous me servir de colombe ?

À cette idée, Méta battit des mains.

– Oh ! Oui, Votre Grâce !

Elle ignorait à quoi elle s'engageait, le seul

mot de colombe lui plaisait. N'était-ce pas ainsi que l'appelait Bassela ? La belle épouse de Cagliostro lui caressa les cheveux et dit à Méta avec cet accent italien chantant et modulé qui charma la petite fille :

– Revenez cet après-midi, à quatre heures. Prévenez vos parents, car vous serez retenue jusqu'au moment du souper. N'ayez aucune crainte, il ne vous sera rien demandé contre l'honneur ni la décence.

– Madame, dit Méta, les colombes s'enfuient devant le danger !

– Fière réplique ! dit Cagliostro. Je mets bien des espoirs en vous, mon enfant. Rentrez chez vous maintenant.

Méta se garda bien d'avertir ses parents. Elle mit pourtant Bassela dans la confidence, tout indiscrète qu'était la vieille domestique : il lui démangeait trop de raconter l'aventure qui lui arrivait. Bassela pensa mourir d'épouvante.

– Que vas-tu devenir dans la tanière de cet ogre ? gémit-elle.

– Une colombe, Bassela.

Le magicien, on le sait, donnait ce nom aux petites filles qui lui servaient à conjurer les esprits et à prédire l'avenir. Il les revêtait de voiles blancs qui les recouvraient de la tête aux pieds et qui voltigeaient autour d'elles au moindre geste. Une fois qu'elles étaient plongées dans le sommeil qu'il versait dans leur esprit après leur avoir fait avaler un élixir et les avoir hypnotisées, leurs formes blanches et immobiles évoquaient celles d'oiseaux marins posés sur les vagues, celles des fabuleux alcyons.

Avec la complicité de Bassela qui mourait d'envie de savoir ce qui se passait chez les fameux locataires du premier étage, Méta fut exacte au rendez-vous. Elle faillit pousser un cri quand elle aperçut le maître de maison :

son costume de cérémonie lui en imposa beaucoup. Il portait une robe de soie noire, simple et sinueuse, qui donnait de la majesté à sa taille, une coiffure égyptienne d'où retombaient des bandelettes de toile dorée. Elle se réfugia auprès de la femme du magicien qui, elle, n'avait pas changé de mise. Elle s'était contentée de jeter sur sa chevelure une dentelle noire.

– Ne craignez rien, mon enfant, lui dit la dame en la prenant dans ses bras. Les respectables personnes ici présentes – et elle désigna l'auditoire installé en cercle autour d'elle, que Méta dans sa frayeur n'avait pas remarqué – ne vous feront aucun mal. Quant au maître, il n'exigera guère de vous : il vous suffira de dire ce que vous voyez dans cette carafe de cristal.

Méta pensa que rien n'était plus facile : le récipient ne contenait que de l'eau pure.

Mais, intimidée, elle se garda bien d'exprimer sa pensée et passa derrière le paravent.

La séance commença. Cagliostro lui imposa les mains sur le front, puis il la regarda longuement, fixement. Méta eut l'impression d'être soulevée de terre et roulée dans une sorte de houle. Elle fut prise de vertige, perdit pied, s'abandonna et plongea dans ce regard béant devant elle. L'hypnotiseur la dévorait du regard. On pouvait même dire qu'il la vampirisait.

Quand il lui eut demandé : « Colombe, colombe, dis-nous ce que tu vois », elle répondit sans avoir conscience qu'elle répondait. Elle obéissait à la volonté du magicien et l'ascendant qu'il exerçait sur elle lui était délicieux. Elle commença à parler. Les assistants retinrent leur souffle et le silence se fit plus profond encore.

Méta sentait comme une flamme sur le

front ; elle voyait derrière les murs, derrière la cathédrale de Strasbourg, derrière les Vosges. Rien n'arrêtait son regard devenu extralucide, ni la distance ni le temps et, tout en considérant l'eau transparente qui miroitait dans la carafe de cristal, elle décrivait des hommes qu'elle n'avait jamais connus, des femmes en costumes étranges, elle révélait comment ils se portaient, ce qu'ils pensaient juste à ce moment-là.

L'un des assistants se mit à sangloter : la fille qu'il avait perdue s'adressait à lui par la voix de Méta.

– « Je ne me soucie plus de rien, dit-elle, rassurez-vous, mon père chéri. Je ne crains plus de tacher ma robe ni d'oublier la règle d'accord du participe. Mes jours s'écoulent si pareils, si unis, si pleins qu'on dirait un seul jour débordant de bonheur. Mon seul chagrin, père chéri, est que vous me pleuriez.

Séchez vos larmes, je suis heureuse. Vous me rejoindrez bientôt. »

Dans l'eau de la carafe une autre image se dessina : celle d'une vieille dame dont le fils, qui siégeait dans l'assistance, s'inquiétait beaucoup. Méta le rassura : la dame allait bien mieux, se préparait à revenir à Strasbourg. Elle avait écrit à son fils, la lettre faisait l'école buissonnière. À la fin de la séance, un serviteur remit un pli à celui que tourmentait l'absence de nouvelles de sa mère. C'était la lettre attendue. La stupeur, l'enthousiasme, l'admiration la plus vive entourèrent Cagliostro et sa colombe.

Le maître ramena doucement la petite fille en ce monde ; elle eut l'impression de sortir d'un vertige, secoua ses nattes, sourit… Ce qui l'étonna beaucoup, ce fut de recevoir les compliments, les mercis de tous les gens de l'assistance. Un gentilhomme en larmes lui baisa les mains. Elle ne croyait pas avoir mérité ces attentions. Tout se passait comme dans sa famille : elle avait toujours le dernier mot.

Quand les assistants après avoir chanté *Te Deum* furent partis, le bon M. Cagliostro à son tour remercia Méta, et pour manifester sa joie, il se permit de la tutoyer.

– Sais-tu que tu as de grands dons de voyance, mon enfant ? Chaque fois que tu voudras me servir de médium – apprends ce mot, il signifie intermédiaire entre l'au-delà et nous – tu recevras une pièce d'or. Pour aujourd'hui, afin de te souhaiter la bienvenue parmi nous, tu auras ce que tu désires tant.

Il lui glissa dans la main un diamant.

– Votre Grâce, ma reconnaissance ne cessera jamais. Je vous servirai sans salaire en souvenir du présent que vous me faites aujourd'hui.

– Fais-en bon usage, ma colombe, dit Cagliostro, et maintenant rentre chez tes parents.

Méta jeta un coup d'œil à son diamant, faillit crier de joie, fit une révérence et s'éclipsa.

Bassela l'attendait, morte de frayeur, derrière la porte.

– Enfin, enfin, te voilà ! Qu'as-tu donc fait ?

– J'ai dormi, répondit Méta très dignement.

– Dormi ?

– Sur une patte, comme les colombes. Je t'expliquerai, mais jure-moi le secret.

Bassela jura. La petite fille, connaissant le point faible de la servante, lui raconta tout, à l'exception du diamant. Après le souper, les Stilling, Hans étaient au courant de l'aventure. Ce fut un beau vacarme : le père grondait, la mère pleurait, le fils adoptif voulait tuer le magicien, Méta houspillait Bassela qui niait seulement avoir ouvert la bouche.

– Fille désobéissante, ah ! rusée, ah ! friponne…, dit Stilling.

Tout à coup, songeant au succès que sa Méta avait obtenu dans une assemblée aussi distinguée, Méta la fille du sonneur de cloches, il se ravisa et ouvrait les bras à son enfant chérie.

– Tu as plus d'esprit que nous tous, tu fais la gloire de la famille, s'écria-t-il.

Sa femme, Hans et Bassela firent chorus. On s'embrassa, on versa des larmes. Et Méta reçut la permission de retourner au premier étage.

Dès le lendemain, elle se précipita chez l'antiquaire, le cœur battant à l'idée que le sablier eût disparu. Mais non, il était bien là, dans la vitrine, à l'attendre. Il lui parut que la lueur phosphorescente qui rayonnait de l'inscription avait un éclat encore plus vif que la veille. Il sait que je possède le diamant, se dit Méta. Et s'il brille, c'est que cela lui fait plaisir de m'appartenir.

Le marchand ne s'attendait pas à revoir la petite fille.

– Eh ! quoi, mignonne ! fit-il tout éberlué quand Méta lui eut mis sous le nez la pierre précieuse. Qui vous a apporté un joyau pareil ?

– Le bec d'une colombe, fit-elle mutine. Vite, vite, donnez-moi le sablier. Je ne peux patienter davantage.

– Il est à vous, il est à vous depuis hier, il est à vous depuis longtemps…

Le bonhomme continua sa litanie, Méta ne l'entendit pas. Elle courait dans les rues en serrant contre elle son cher sablier.

Son premier soin fut de lui trouver une cachette à l'épreuve : personne d'autre qu'elle ne devait voir son trésor. Le placard de sa chambre lui parut le lieu le plus sûr : elle mettrait le sablier sur la planche la plus haute, derrière une pile de vêtements hors d'usage que ni sa mère ni Bassela ne songeaient à déplacer. Avant de le jucher là-haut, elle le posa sur la table devant elle et le contempla. Elle n'aurait pu expliquer pourquoi la possession de cet objet la rendait si heureuse : elle avait l'impression d'être protégée, mieux encore, sauvée.

– Sablier, cher sablier, lui dit-elle, dis-moi ce qu'il faut faire. Je ne veux pas devenir une horrible grande personne, aide-moi à rester une enfant ! Je ne sais pas déchiffrer les mots qui sont inscrits sur ton front, je ne sais même pas de quelle langue ils proviennent. C'est là peut-être que réside mon salut, conclut-elle en caressant du doigt les caractères arabes, syriaques, coptes, indéchiffrables en tout cas.

L'inscription brilla autant qu'elle put pour approuver l'opinion de Méta.

– Alors, je t'en supplie, parle, parle, mon cher sablier !

Le sablier fut-il un instant doué de la parole, ou Méta s'imagina-t-elle l'avoir entendu ? On ne le saura jamais. Ce qui est sûr, c'est qu'elle cria de joie, déposa un baiser sur le sablier, monta sur une chaise et plaça l'objet dans sa retraite avec autant de révérence que si elle avait manié la relique la plus sacrée.

Avez-vous deviné ce que lui a révélé le sablier ? Si vous pouviez observer ce que Méta fait tous les matins, de préférence à heure fixe, mais toujours avant midi, vous ne seriez pas en peine. Moi, je le sais : Méta l'a dit à son arrière-petite-fille qui l'a répété à ma grand-mère qui me l'a confié. À mon tour, je vous livre le secret de l'enfance éternelle. Tous les jours Méta renversait le sablier, les grains coulaient en sens inverse, le temps n'avançait pas ; quand il était au bout de sa course, il revenait sur ses pas et, faisant le va-et-vient entre le haut et le bas du sablier, il en oubliait de marquer les semaines, les années. Il tournait comme un écureuil dans une cage ronde : sans parcourir le moindre espace. Comme l'animal qui croit avancer et reste sur place, le temps croyait faire son bonhomme de chemin, il croyait même parfois galoper quand il était pris de fureur, d'enivrement, mais il restait prisonnier entre les deux globes de verre légèrement irisés et c'était une petite fille qui se révélait son vainqueur et son gardien. Elle l'empêchait de s'enfuir, et ce faisant, ne prenait pas un jour de plus. Voilà un beau remède, n'est-ce pas ? Encore faut-il avoir la chance de tomber sur un sablier d'un type qui ne court pas les rues…

Comme tous les prisonniers, le temps était

tantôt en colère, alors le sable devenait noir, tantôt découragé, alors le sable pâlissait, pâlissait… On aurait dit de la neige. Le temps promettait à Méta monts et merveilles si elle lui rendait sa liberté, pas de rides, pas de cheveux blancs, pas d'embonpoint excessif ni de maigreur affreuse, mais la petite fille ne s'en laissait pas conter : elle savait qu'avec le temps qui court, avec le temps qui passe, ce sont là des misères qui arrivent de toute façon. C'est la vie, avec la vieillesse et la mort au bout ! Pour qui me prend-il ? se disait-elle. Pour une écervelée ? Pour une folle ? Pas si bête, grosse bête, mets-toi ça dans la tête !

Le seul point noir dans cette aventure, c'était l'huile de foie de morue. Pas moyen d'y échapper puisque Méta ne grandissait pas. Mme Stilling avait beau lui en faire avaler cuillerée sur cuillerée, aucun résultat. Elle finit par se lasser et regarda sa fille avec compassion. Jacob Stilling, au contraire, exultait : Méta ne lui avait jamais paru si parfaite que depuis qu'elle s'était cristallisée sous cet aspect. Hans en revanche se lamentait : il frisottait les poils de sa moustache toute neuve, à peine visibles, il raffolait encore de Méta et il s'éloignait toujours plus loin d'elle, ou bien elle s'éloignait de lui, enfin n'importe, ils ne se rejoignaient pas. Il devenait sombre, emporté, incommode. Il se donnait des coups de poing dans la poitrine et se traitait de cornichon. Il était toujours amoureux et bien désespéré car maintenant que ses désirs s'étaient précisés, il savait qu'il ne pourrait jamais les satisfaire. Méta voyait bien qu'il souffrait, mais cela l'amusait, car elle sentait que c'était à cause d'elle que le pauvre Hans traversait des années difficiles.

En revanche, Méta coulait les jours les plus heureux qu'elle eût jamais rêvés. Tous les matins, en renversant le sablier, elle faisait une brève action de grâces en lui adressant les noms les plus caressants qu'elle connaissait pour le flatter, pour le calmer et lui faire prendre son mal en patience et l'inscription aux caractères étranges brillait d'un éclat phosphorescent. Ensuite l'éternelle petite fille faisait de la lecture, de la broderie, une promenade, un peu de pâtisserie ; le soir, avec sa famille, elle jouait au jeu de l'oie, au loto, aux dominos et quand elle se mettait au lit, elle se disait que sa vie valait celle de la reine Marie-Antoinette.

À intervalles irréguliers, ses parents lui permettaient de se transformer en colombe sous le regard de Cagliostro. Méta prenait un plaisir infini à s'imaginer sous l'aspect de ce bel oiseau blanc aux pattes et au bec rouges. Les voiles légers dont on la recouvrait, la carafe de cristal, les rites de la cérémonie l'enchantaient.

De plus, elle savait maintenant qu'elle formait le point de mire de l'assemblée, que ses réponses apportaient l'espérance ou le deuil dans le cœur des assistants, qu'elle transmettait la volonté divine, qu'elle incarnait le destin. Bien qu'elle ne se rappelât jamais, une fois éveillée, ce qu'elle avait dit dans le sommeil provoqué, elle n'en avait pas moins une conscience aiguë de son importance : ces réunions lui permettaient d'étendre sur un plus grand nombre de personnes la puissance de son charme et l'espèce de seigneurie qu'elle exerçait sur sa famille. Elle ne savait rien des révélations qu'elle faisait aux consultants, elle en savait assez pour sentir qu'ils la considéraient comme une prophétesse de vérité, comme une fatale sibylle. Se souvenant du diamant que Cagliostro lui avait si généreusement donné la première fois, elle avait toujours refusé les pièces d'or qu'il lui proposait.

– Quelle curieuse petite créature tu fais ! s'écriait souvent le maître. Ne vas-tu pas un jour te décider à grandir ?

Et il l'enveloppait d'un regard mi-complice, mi-ironique, comme si le pouvoir de certain sablier ne lui était pas inconnu. Mais ses questions n'allaient pas au-delà. Cagliostro respectait bien trop le mystère en général pour vouloir forcer le secret de chacun.

Deux ans passèrent. Au début de juin 1783, Cagliostro fit appeler Méta. Elle lui trouva une mine défaite qu'elle ne lui avait jamais vue.

– Ma colombe, lui dit-il, en la prenant dans ses bras, est-ce bien vrai que tu ne veux pas grandir ?

Méta répondit par un signe de tête, craignant qu'il ne lui demandât une explication. Elle savait bien qu'elle n'aurait pu résister à la force du magicien et lui aurait tout avoué.

Mais Cagliostro se contenta de lui caresser les cheveux.

– Alors prie bien le Ciel de continuer à exaucer tes vœux. Les hommes sont si méchants que je t'approuve. Vois, j'ai essayé de leur enseigner la sagesse, de les élever à une vie meilleure, plus juste et plus pure, et voilà qu'on me donne l'ordre de quitter Strasbourg sur-le-champ !

– Vous, Votre Grâce !

– Le Cardinal a été imprudent. S'il avait suivi mes conseils, rien de fâcheux ne serait arrivé. Les diamants, le spiritisme… Mais tu apprendras tout ça plus tard. Avant de partir pour Naples, je te confie au pasteur Oberlin, au marquis de Puységur. Il ne faut pas laisser sans emploi tes dons merveilleux. Mais d'abord, ma colombe, je veux te mettre pour longtemps à l'abri du besoin. Prends ce sac d'or. Il y aura bientôt de grands bouleversements en France, garde ces pièces pour les temps difficiles. Ils viendront. Difficiles et affreux. Ah ! je vois toute cette confusion, et ces morts… Adieu, ma colombe, nous ne nous reverrons plus en ce monde. Reste sage, pure, et demeure toujours une enfant.

Il lui posa la main sur le front pour la bénir, tandis que Méta, sur le point de pleurer, baisait la main du bon comte de Cagliostro. Mais le souvenir de son sablier – et ce sac d'or qui la sauvait de la misère contribuèrent à la réconforter pendant qu'elle regagnait leur logis du dernier étage.

Dans les années qui suivirent, Méta fit les délices des cercles visionnaires strasbourgeois avec la femme du cordonnier Westermann et sa sœur Mlle Schwing. Les gens qu'elle voyait, loin de lui reprocher sa taille exiguë, y décelaient un témoignage physique de ses dons surnaturels. Mais les commères et les bons bourgeois ne l'entendaient pas ainsi : quand elle les avait dépassés, ils la traitaient derrière elle de naine, nabote, demi-mesure, Méta de rien, laissé-pour-compte, farfadet, lutin, mazette, mauviette, poulet mal venu, gâteau mal levé, sorcière, diablesse et toutes sortes d'épithètes malsonnantes que Méta, qui riait sous cape, feignait de ne pas entendre.

– Les pauvres, se disait-elle, ils crèvent de jalousie ! Ils vieillissent, et moi, j'ai toujours neuf ans. Les fées restent pareilles à elles-mêmes.

Et elle regardait avec pitié les filles nées la même année qu'elle qui faisaient leur apprentissage de charcutières ou de modistes. Trois d'entre elles étaient déjà mariées. Méta, elle, n'avait pas de devoirs, pas de soucis. Son miroir lui disait qu'elle était une petite fille, elle n'en désirait pas plus.

M. de Puységur ne se parait pas d'un titre hasardeux comme le faisait Cagliostro. Petit-fils aîné du maréchal de Puységur que le roi Louis XIV avait gratifié d'un marquisat pour le récompenser de ses services, il était fêté par la société aristocratique de Strasbourg. Disciple de Mesmer, il utilisait le magnétisme animal pour soigner certaines maladies. La théorie du somnambulisme curatif étant déjà discréditée, il lui avait rendu consistance et autorité par l'usage qu'il s'en permettait. Il inspirait confiance. En faisant un jeu de mots sur son nom, il aimait à dire qu'il était une montagne de sécurité, un Montségur de la science psychique. Il apprenait ainsi aux Strasbourgeois que *puy* veut dire « mont, montagne » en occitan.

Il se piquait aussi de clairvoyance et pratiquait la cristallomancie mise à la mode par Cagliostro. C'est ainsi que les deux hommes apprirent à se connaître et à s'estimer. Ils mettaient tous les deux l'hypnotisme et la suggestion à la base de leur thérapeutique. Méta ne savait rien de tout cela et ne se souciait pas de le savoir. Il lui suffisait de se vêtir de blanc et de faire la colombe pour être parfaitement heureuse. Elle avait une haute idée de sa menue personne. Si les années n'avaient pas modifié son apparence, elle avait pourtant beaucoup lu, beaucoup observé, beaucoup appris. L'étrangeté de sa situation, loin de l'abêtir, l'avait rendue plus fine et plus lucide que les filles de son âge. Au fait, quel âge avait-elle maintenant ? Treize ans. La philosophie et la médecine empiriques des Cagliostro et des Puységur la laissaient de glace, mais elle observait avec curiosité le monde et son train, les passions qui agitent les hommes, les caprices de la mode. Les officiers attiraient toujours ses regards ; elle prenait alors un air engageant qui les laissait perplexe. Elle lisait dans leurs yeux ce qu'ils pensaient « une si petite fille, et déjà si coquette ! ». C'est que, si elle avait l'apparence enfantine, elle n'avait nullement l'esprit et le caractère qui correspondaient à cette apparence. Pour utiliser une expression qu'elle tenait de Monseigneur de Rohan elle avait l'air, mais pas la chanson. Elle s'était fait expliquer par son institutrice ce que signifiait cette locution et rien ne l'amusait plus que de lui donner un démenti : si elle avait l'air d'une fillette, elle chantait une tout autre chanson. Autrement dit, elle n'avait pas l'air de la chanson qu'elle paraissait.

Avant de quitter Strasbourg, Cagliostro était allé présenter Méta au marquis de Puységur. Le célèbre magnétiseur l'avait accueillie avec faveur, mais il avait laissé passer un long temps, plus d'un an, avant d'utiliser son aide. Cagliostro lui avait dit au cours de l'entrevue :

– Monsieur, voici une singulière petite personne qui vous rendra de grands services, avait déclaré le mage avec son accent rocailleux, elle est futée, discrète et possède des dons qu'il serait criminel de laisser sans emploi. Méta est ma colombe de prédilection.

Elle avait fait un plongeon des plus élégants qui montrait qu'elle avait été à bonne école. M. de Puységur l'avait relevée et l'avait enveloppée d'un regard perçant comme pour vérifier l'exactitude de ce qu'il venait d'entendre. Ce qu'il voyait l'intriguait : il voyait une fillette aux proportions exquises, mais ses yeux, sa physionomie, on ne sait quel air répandu sur sa personne démentaient le calcul qu'on pouvait faire en se fondant sur l'exiguïté de sa taille et la gracilité de ses membres.

– Quel âge avez-vous donc ? avait-il demandé avec une certaine brusquerie.

– Neuf ans, Monsieur, dit-elle en mentant.

Il avait répété le chiffre pour s'en convaincre. Puis, s'adoucissant tout soudain comme s'il s'était avisé de l'heureuse fortune qui lui tombait du ciel, il lui avait dit qu'il lui portait un intérêt paternel et qu'il aurait recours à ses services, mais plus tard, car ce qu'il attendait d'elle, c'était de l'aider à faire parler ses malades, à voir clair en eux et les délester du fardeau qui les écrasait.

Cela était bel et bon, mais ce que désirait Méta, c'était de revêtir tulle et mousseline.

– Serai-je habillée en colombe ? avait-elle demandé avec un rien de coquetterie espiègle.

– Si vous le désirez, mon enfant. Cela ne changera rien au traitement. Tout se passe dans notre esprit, avait-il dit en pointant son doigt vers le front blanc et lisse de Méta. C'est là que se tient le mal, c'est de là qu'il faut le déloger.

Le marquis de Puységur avait attendu qu'elle eût douze ans sonnés, presque treize pour descendre dans la conscience malade de ses patients et pour y déceler la blessure secrète, la déchirure qu'ils voulaient se cacher à eux-mêmes. Heureusement qu'elle n'avait pas conscience de ce qu'elle disait et qu'au sortir de l'hypnose elle ignorait dans quels abîmes intérieurs elle avait plongé, car il lui arriva de révéler de telles noirceurs, de telles perversités qu'elle serait morte de confusion si elle avait compris les mots auxquels sa gorge et ses lèvres donnaient forme.

Le magnétiseur savait combien est périlleuse l'exploration des ténèbres et tout en s'assurant que Méta ne gardait aucun souvenir de ces révélations, il prenait quand même soin avec une délicatesse et un scrupule infinis de préparer Méta à sa tâche. Il éprouvait aussi pour elle une vive affection. Aussi voulait-il la mettre en garde contre les dangers qui la menaçaient et lui enseigner combien la création est déchue, l'homme misérable et le péché triomphant.

– Vous avez fait votre première communion ? lui demanda-t-il un jour, en mai 1786.

– De la main de Monseigneur de Rohan.

– Avez-vous sollicité de Dieu quelque grâce suprême ?

– Oui, Monsieur, celle de rester toujours une enfant.

– Pourtant, Méta, votre esprit n'est pas celui d'un enfant.

Ne voulant ni révéler le secret du sablier, ni mentir au marquis qu'elle respectait fort, elle trouva cette échappatoire :

– L'esprit n'a pas d'âge, Monsieur.

Partagé entre l'admiration et un sentiment de malaise, le magnétiseur attacha sur elle un long regard.

– Je redoute pour vous la découverte de l'amour ; elle risque de vous briser. Vous en savez trop et trop peu.

Elle se mit à penser à Hans que le désir tourmentait si fort, aux beaux officiers insouciants et avantageux qu'elle croisait à la promenade : était-ce cela, l'amour ? Elle espérait bien n'en faire jamais la découverte. Ma petitesse, ma fragilité me protégeront, se dit-elle.

M. de Puységur avait un frère cadet, officier de marine, qui s'était engagé auprès des insurgés d'Amérique ; il commandait un vaisseau lors de la décisive bataille où le lieutenant-général de Grasse avait empêché l'amiral Hood de porter secours à lord Cornwallis enfermé dans Yorktown. Puységur le marin devint à Strasbourg un parfait héros de légende et la gloire du cadet s'ajoutant au prestige dont jouissait l'aîné, ils faisaient tous deux figure d'hommes de progrès aux idées avancées. Méta rêvait souvent à ce marin auquel elle prêtait des grâces non pareilles : figure avenante, taille bien prise, vivacité d'esprit, avec une sorte de charme tendre qui convenait plus à un saint d'église qu'à un robuste guerrier, mais ce charme tendre représentait à ses yeux le sommet de la séduction virile.

– Si je devais un jour me marier, mais dans longtemps, le plus longtemps possible, c'est un homme comme lui, un marin, que je choisirais.

Elle n'avait aucune idée des gens de mer ni des étendues marines, des bateaux ni des naufrages, mais elle se plaisait à imaginer ce monde inconnu, tout paré de mystère, à des milliers de lieues de la réalité qui l'entourait. C'est dire combien elle vivait dans la chimère.

Jamais, bien sûr, elle ne dit au marquis de Puységur la place que tenait son frère dans ses rêveries, mais il était assez perspicace et doué lui-même de seconde vue pour pressentir ce qui hantait la conscience de sa colombe. Il s'en inquiétait. Il aurait voulu la fortifier contre elle-même. Il voyait bien que l'apparence dont elle se flattait n'était qu'apparence, que son cœur et son esprit avaient malgré elle pris de l'âge et que si sa chanson tintait matines, son âme profonde chantait midi.

Quand en 1790, il quitta Strasbourg pour émigrer, son seul souci fut l'avenir de Méta : que pouvait-elle devenir dans un état social si bouleversé, dans un monde où les différences personnelles cédaient le pas aux aventures collectives et nationales ?

– Ma chère enfant, je vous quitte, tout se ligue contre moi et mon amitié, ma fréquentation, loin de vous être utiles, pourraient causer votre perte. Vous n'avez rien à craindre, semble-t-il. L'humble état de votre père vous sert de garantie. Il n'en est pas de même pour moi. Tout ce qui me recommandait se retourne contre moi. Je quitte une terre ingrate qui me devient étrangère. Je vous laisse pourtant un témoignage de mon affection, de mon intérêt et de ma reconnaissance, ce rosier blanc.

Il lui tendit un arbuste en pot qui était en pleine floraison.

– C'est un rosier que j'ai chargé de certains pouvoirs. S'il a besoin de lumière, il ne réclame aucune eau, sinon une goutte de votre sang, tous les mois. Alors ses fleurs blanches se teinteront de rouge, tout près du cœur, et vous pourrez continuer à vivre heureuse et satisfaite. Car je vous aime, mon enfant, et souhaite votre bonheur.

Méta revint rue des Écrivains où elle habitait toujours sous les combles en serrant le rosier magique contre son buste fluet. Depuis longtemps elle l'admirait, elle avait remercié avec chaleur le marquis de Puységur de le lui avoir donné. Rien ne pouvait lui faire plus plaisir.

Elle intronisa le rosier blanc dans sa chambre et, après mille civilités et tendresses, lui assigna une place près de la fenêtre.

Les deux dernières années de la monarchie ne dérangèrent pas Méta qui ne se rendait compte de rien et vivait dans son rêve. Plusieurs fois elle servit de colombe dans les cercles illuminés de Strasbourg et la vie se poursuivait pour elle comme elle le désirait. Mais, dans le fond de son cœur, elle était troublée et sans pouvoir comprendre les changements alarmants qui se faisaient autour d'elle, Méta ne laissait pas d'en être bouleversée.

Tout, en effet, avait changé autour d'elle, elle seule en apparence n'avait pas changé. Le drapeau de la République flottait sur Strasbourg, le Roi et la Reine étaient en prison. L'honnête Mme Stilling, frappée d'épouvante par les troubles révolutionnaires, ne quittait guère son fauteuil et Bassela, les jambes lourdes comme du plomb, avait fini par mourir. Quant à Hans, il s'était enrôlé quand on eut décrété la levée en masse. Les idées nouvelles l'avaient façonné.

– Penseras-tu à moi lorsque j'attaquerai les tyrans et les ennemis de la patrie ? avait-il demandé à la toujours petite fille.

– Mais non, répondit Méta. Pourquoi me soucierais-je de toi si tu préfères le métier des armes à l'honneur de me servir ?

Et Hans était parti, l'œil sombre et le visage renfrogné.

Jacob Stilling ne sonnait plus les cloches – on les avait envoyées à la fonte –, il travaillait dans un moulin. Il avait toujours l'air un peu ahuri : « Pas étonnant, disaient les gens, que la fille n'ait pas poussé. Regardez-donc le père, un vrai demeuré ! » Il vivait dans l'enchantement : sa fille était une fée, et si bonne pour son vieux papa ! Il ne manquait jamais de rien : les pièces d'or de Cagliostro servaient à quelque chose.

On disait, dans les milieux où Méta, maintenant accompagnée de Jacob Stilling, allait encore faire la colombe, que le comte de Cagliostro était en prison, mais on le disait de tant de gens ! Méta n'en croyait rien. Supposé qu'on l'y ait jeté, pensait-elle, Sa Grâce donnera des diamants aux gardiens, aux sentinelles et prendra la clé des champs.

Un jour de septembre 1792 qu'elle officiait chez le pasteur Oberlin et regardait d'un œil prophétique l'eau transparente de la carafe, son père qui, d'habitude, se tenait dans le fond de l'assemblée et gardait le silence, se leva soudain et demanda d'une voix pathétique :

– Colombe, colombe, dis-nous ce que fait le pauvre Hans ! Je suis en peine à son sujet.

Méta se mit à trembler et ses voiles s'agitèrent longuement autour d'elle.

– Il porte un mousquet, il gesticule, il a l'air furieux. Je le reconnais à peine, son visage est noirci, son habit déchiré. Il y a tant de désordre et de tumulte que je ne distingue plus rien. Mais j'entends des sonneries de trompettes, des chants de guerre. On passe à l'attaque. Les autres crient : Vive la Nation ! Lui aussi il vocifère. Mais il crie : Vive Méta ! Vive Méta !

Le son de son propre nom la tira du sommeil, elle chancela comme si elle avait reçu un coup au cœur. On lui porta secours. Elle ne désirait que du repos et refusa tous les soins. Le long du chemin, elle rassura le vieux Stilling qui voulait la porter.

– Tu ne pèses pas plus qu'une colombe ! lui dit-il en riant.

– Hélas ! répondit-elle.

Dès qu'elle se fut enfermée dans sa chambre, elle déposa le sablier sur la table et le contempla longuement. L'inscription phosphorescente s'allumait, s'éteignait, se rallumait pour s'éteindre de nouveau, comme si le sablier manifestait par ce moyen son angoisse. Méta luttait entre son désir de demeurer hors du monde et l'appel lointain que lui lançait Hans à l'heure du danger. Quelque chose se brisait en elle : l'éternité de l'enfance. Le sablier, sachant ce qui allait arriver, s'éteignit pour de bon, et Méta, sanglotant pour la seconde fois de sa vie, le prit à deux mains et le jeta de toutes ses forces sur le plancher. Le verre éclata, le sable se répandit, mais des plateaux, des petits piliers de bronze de l'armature, rien ne subsista. Méta vit s'en dégager une sorte de vapeur qui se dissipa. Puis elle ferma les yeux, prise de vertige : elle grandissait, grandissait...

Les larmes roulaient toujours sur ses joues, elle les essuya du revers de la main. Ce n'était plus une main d'enfant, fondante et potelée, qu'elle portait à son visage, c'était la main aux longs doigts bien formés d'une fille de dix-neuf ans. Elle avait rattrapé son âge, elle s'était rejointe elle-même. L'air et la chanson étaient enfin d'accord.

– Hans, Hans, soupira-t-elle, c'est toi que j'aime.

À cet instant le rosier blanc du marquis de Puységur grandit, forcit, obscurcit de ses ramures le rectangle de la fenêtre. Les fleurs les plus éloignées de la tige principale se colorèrent de vermeil, de cramoisi et se mirent à ruisseler de sang.

Méta s'affaissa sur le parquet : le pauvre Hans tombait à la bataille de Valmy. Une balle prussienne lui ôta la vie, la jeunesse et l'amour. Méta, qui s'était voulue fée, délicieuse et vaine illusion, devint tout à coup un être humain, une femme. Une femme qui pleurait.

Cet ouvrage a été reproduit et achevé d'imprimer par l'Imprimerie Floch à Mayenne en mars 1996. Éditions du Rocher 28, rue Comte-Félix-Gastaldi Monaco. Dépôt légal : mars 1996. N° d'édition : CNE section commerce et industrie Monaco : 19023. N° d'impression : 39188. *Imprimé en France.*